पद्मश्री प्राण

मॉरिस हार्न, वर्ल्ड एन्सायक्लोपीडिया ऑफ कॉमिक्स के एडिटर ने कार्टूनिस्ट प्राण को 'वाल्ट डिज्नी ऑफ इंडिया' कहा है।

उनकी कॉमिक्स पीढ़ी दर पीढ़ी बढ़ते हुए नौजवानों की हमेशा साथी रही हैं। उन्होंने अपने कैरेक्टर्स 'चाचा चौधरी, साबू, श्रीमतीजी, पिंकी, बिल्लू, रमन' इत्यादि के मनोरंजन का भरपूर लुत्फ उठाया है। उनके 600 से ज्यादा टाइटल्स मार्केट में बिक रहे हैं और दर्जनों स्ट्रिप्स न्यूज पेपर्स में छप रहे हैं। चाचा चौधरी पर आधारित एक टी. वी. सीरियल के लगातार 600 एपिसोड तक एक प्रमुख चैनल पर दिखाए गए।

विश्व के कई देशों का भ्रमण कर चुके, प्राण को 'लिमका बुक ऑफ रिकॉर्ड्स' ने 'पीपुल ऑफ द ईयर अवार्ड' से सम्मानित किया है। 1983 में उनकी कॉमिक बुक– 'रमन, हम एक हैं' का विमोचन तत्कालीन प्रधानमंत्री श्रीमती इंदिरा गांधी ने किया।

प्रकाशक

याद आया, आज तो मेरा जन्मदिन है। केक लाने के लिए धन्यवाद, बिल्लू।

केक मुझे दो, मैं इस केक को खाने के लिए बेताब हूं।

लाओ।
क्या कर रहे हो पहलवान। जन्मदिन का केक है, इसे काट कर खाया जाता है?

तुम इसे काटोगे। मैं हैप्पी बर्थडे बोलूंगा, फिर केक खाया जाएगा।

जाओ, इस केक को काटने के लिए कुछ लेकर आओ।

अभी लाया।
www.chachachaudhary.com

यह ठीक रहेगा।

इससे केक नहीं कटेगा। कुछ और लाओ।

कैसा रहेगा ?

पहलवान, केक को काटना है, फोड़ना नहीं। कुछ काटने के लिए लाओ।

मेरे ख्याल से अब तुम ना नहीं बोलोगे।
तलवार!

यह भी नहीं चलेगा।
ओफ्फ! मेरी समझ में नहीं आ रहा कि क्या लाऊं?

मैं केक खाने के लिए मरा जा रहा हूं। मुझे केक खाने दो।
रुको।
© PRAN'S FEATURES

केक तो काटकर ही खाया जाएगा।

तुम यह केक संभालो।

मैं केक काटने के लिए कुछ लेकर आता हूं।

यह चाकू है। इससे कटेगा केक।

कहां है केक ?

वह मैं कभी का खा गया।

बिल्लू वॉल पेस्ट
बीबी जी, कुछ खाने को दो ना।
अभी खाना नहीं बना है। बाद में आना।

ठीक है, जब बन जाए तो मेरी वॉल पर पेस्ट कर देना।

उसे देखकर मैं आ जाऊंगा।
कमाल है!

क्या कमाल है मम्मी!
भिखारी भी फेसबुक वॉल की बातें कर रहा है।
आई.टी. का जमाना है, नाइंटी परसेंट लोग सब कुछ जानते हैं।
दस परसेंट नहीं भी जानते।
आजकल यह सब कौन देख रहा है ?
www.chachachaudhary.com
बिल्लू दीवार दोबारा पेंट करवा रहा हूं इसे खराब मत करना।
ओके पापा।

बिल्लू, रुको।
लक्की फोटोग्राफर! क्या है ?

मुझे हैंडसम लड़के की पिक्चर्स चाहिए। तुम एकदम परफैक्ट हो।

खटाक !
ले लो, जितनी चाहे पिक्स ले लो।

ये पिक्स मुझे भी चाहिए।
खटच्च !

खटच्च !
मिल जाएगी।

कब दोगे ?

रात को इनके प्रिंट निकल जाएंगे, बताओ तुम्हें कैसे दूं ?

मेरी वॉल पर पेस्ट कर देना। समझो मुझे मिल गए।

ठीक है।

अगले दिन सुबह...
बिल्लू तुमने मेरी सारी मेहनत खराब कर दी।

गुर्र र्र!!
मैंने आपकी कौन सी मेहनत खराब कर दी?
मैंने बड़ी मेहनत से इस दीवार पर कलर किया था। तुमने इस पर अपने फोटो चिपका दिए।
मैंने लक्की फोटोग्राफर को मेरी फोटो मेरे फेसबुक वॉल पर पेस्ट करने के लिए बोला था वह घर की वॉल पर पेस्ट कर गया।

बिल्लू
अतिथि देवो भव :
जा यहां से !
धड़ाम
© PRAN'S FEATURES

दोबारा कभी इधर मत आना ।
धड़ाम !
आऊं !

क्या था यह ?

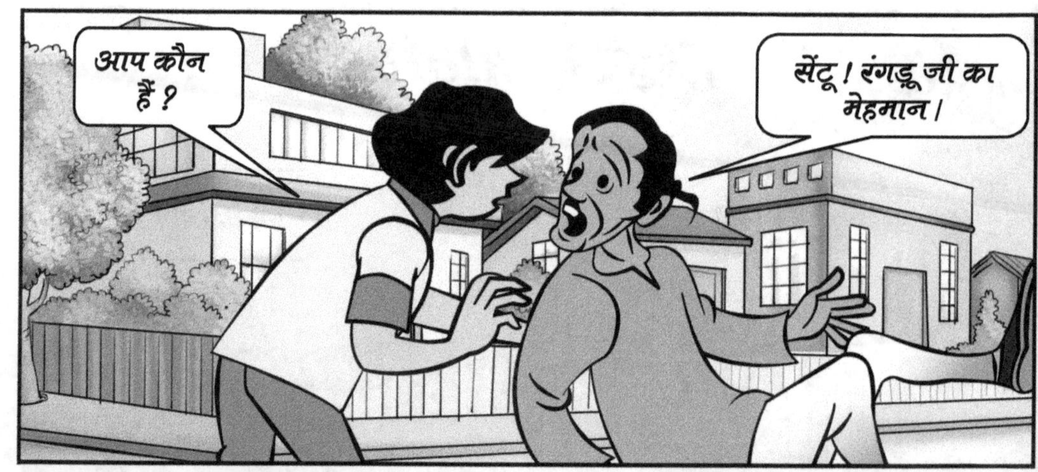
आप कौन हैं ?
सेंटू ! रंगड़ू जी का मेहमान ।

अतिथि का यह हाल ? रंगड़ू जी को ऐसा नहीं करना चाहिए ।

अतिथि भगवान का रूप होता है ।

आप मुहल्ले में अतिथि बनकर आए थे, इसलिए अतिथि बनकर ही रहोगे ।

रंगड़ू जी के घर में नहीं, तो मेरे घर में ।

आप जब तक चाहें यहां रह सकते हैं, कुछ चाहिए तो कहें।

सोने को मिल गया, अब खाने को मिल जाता तो...

लीजिए।
इससे मेरा क्या होगा ? कुछ और ?

थोड़ा और लीजिए।

मैं तुम्हें बार-बार कष्ट दे रहा हूं।

मैं खुद ही ले लेता हूं/ जो फ्रिज में है वो भी...

और जो रसोई में है वो भी।

यह सब कम है।

क्या तुम थोड़ा और बाजार से नहीं ला सकते ?
हां हां क्यों नहीं।

यह लीजिए।
थैंक्यू !

खाने का टाइम खत्म, सोने का टाइम शुरू।

खर्र र्र !!

खर्राटे टें !!

नाश्ते में पांच किलो दूध, दस परांठे और पचास सैण्डविच खा गया।

बिल्लू! क्या मुसीबत घर ले आए।

इस मुसीबत का अब एक ही इलाज है।

इस मुसीबत का अब एक ही इलाज है।

बिल्लू और मेमोरी कार्ड

चलो बाहर चलकर कुछ स्नैक्स वगैरा लेते हैं।

बिल्लू वो देखो। तुम्हारे मतलब की चीज।

मोबाइल से फोटो खींचो और रुपयों का इनाम जीतो।
सचमुच मेरे लिए है।

क्योंकि मेरे पास है मेगा पिक्सल और हाई डेफिनिशन कैमरे वाला शानदार मोबाइल।
से
का र
जीत

खटाक !!
मोबाइल से फोटो ख
और स
का इ
जीत

बिल्लू चला फोटो खींचने।

वो भी ऐसी-ऐसी जगह के, जहां सिर्फ बिल्लू पहुंच सकता है।

और कोई नहीं।
© PRAN'S FEATURES

खटाच !!

खटाच !!
यह पिक्चर तो बिल्लू हर हाल में लेगा।

ii धड़ाट ii

ओह !
छपाक !

पानी गंदा है तो क्या हुआ ।

जो मैंने पिक्चर ली, वो तो अच्छी है ।

ऐसी फोटोज को इनाम नहीं मिलेगा तो किसे मिलेगा?

अब थोड़ा अपने फोटोज को देख लूं।

ओह नहीं !
www.chachachaudhary.com

बिल्लू अपने मोबाइल से फोटो खींच लाए ?
हां, लेकिन वे फोटोज मेरे फोन में स्टोर नहीं हुए क्योंकि...

...मेरे फोन में फोटोज को सेव करने वाला मेमोरी कार्ड नहीं था !
NO MEMORY CARD.

बिल्लू
कौन खाएगा नूडल्स

www.chachachaudhary.com

22

मैं खूब सारे नूडल्स खाऊंगा।

नहीं, मैं ज्यादा नूडल्स खाऊंगा।

तुम खूब सारे नूडल्स खाओगे, तो मैं कहां जाऊंगा?

अगर मैं पांच रुपए नहीं मिलाता तो तुम यह नूडल्स नहीं खरीद पाते।

ओह! इसलिए तुम ज्यादा नूडल्स खाने की बात कर रहे हो।
बिलकुल।

मैं ज्यादा खाऊंगा।

ऐसा नहीं होगा।
नहीं मैं ज्यादा खाऊंगा।

नहीं मैं।

मैं।

अरे गब्दू, बिल्लू क्यों झगड़ रहे हो ?

क्या बात है, बताओ।
गब्दू कहता है यह नूडल्स ज्यादा खाएगा। मैं कहता हूं मैं खाऊंगा।

आप ही बताएं कौन ज्यादा नूडल्स खाएगा ?

कोई भी नहीं।

तुम्हारी तू-तू मैं-मैं के चक्कर में नूडल्स जलकर राख हो गए हैं।

बिल्लू — आइसक्रीम पार्टी

मैं अभी आया। तैयार होकर।

क्या तुम अकेले जाओगे बिल्लू की पार्टी में ?
तुम सब भी चलोगे, लेकिन बिल्लू को पता चला तो वह कम बजट का बहाना करके बात टाल देगा।

करता हूं।

तुम आइसक्रीम पार्लर के आसपास रहना।

इस आइसक्रीम पार्टी में जो मरजी खाओ, बिल मैं दूंगा।

मेरा फोन बज रहा है।

मैं बाहर जाकर फोन सुनता हूं, तुम पार्टी एन्जॉय करो मैं आकर पेमैंट करता हूं।

बिल्लू बाहर गया, आ जाओ।

जमकर खाओ।
पेमैंट बिल्लू करेगा।

अरे! पांच सौ रुपए का बिल। कैसे?

ICE CREAM STALL
आइसक्रीम पार्टी थी ना तुम्हारी तरफ से।

हम सबने पार्टी एन्जॉय की है।
पार्टी तो पार्टी होती है।

ICE CREAM STALL
ये तो चीटिंग है।
तुमने कमिटमेंट किया था, पेमेन्ट करो।

कल मेरा जन्मदिन है। मैं कमिटमेंट करता हूं कि मैं तुम्हें और तुम्हारे एक दोस्त की आइसक्रीम पार्टी की पेमेंट करूंगा।

अगले दिन...
हैप्पी बर्थडे मोनू!
थैंक्यू बिल्लू।
www.chachachaudhary.com

तुम्हारा कमिटमेंट आइसक्रीम पार्टी।
लेकिन ध्यान रहे, मेरा कमिटमेंट तुम और तुम्हारा सिर्फ एक दोस्त।

ठीक है।
बिलकुल ठीक।

तो फिर चलो आइस्क्रीम पार्लर में

ICE CREAM STALL
थोड़ी देर बाद...
दो हजार रुपए का बिल।

ICE CREAM STALL
तुम और तुम्हारा दोस्त दो हजार रुपए की आइस्क्रीम कैसे खा सकते हो?
साबू जैसा दोस्त हो, तो दो क्या पांच हजार की आइस्क्रीम भी खाई जा सकती है।

हो-हो-हो! जैसे को तैसा।
ICE CREAM STALL

बिल्लू
जांबाज

जोज़ी !
कहां हो ?

तुम यहां क्यों
आए हो ?

मैं जोज़ी का दोस्त
हूं ! उससे मिलने
आया हूं !
वह एक बहादुर फौजी
की बेटी है !

उसका मित्र कोई निडर
नौजवान होगा, तुम्हारे
जैसा कमजोर चूहा नहीं !

जाओ, यहां से !
मैं डरपोक नहीं हूं !

मैं साबित कर सकता हूं, मैं एक जांबाज हूं।
चलते बनो।

पापा! आप उसे एक चांस तो दो।

मेरे साथ खुले मैदान में चलिए। मैं वहां आपको अपनी बहादुरी के कारनामे दिखाता हूं।

चलो! देखते हैं, वहां तुम कौन-सा तीर मारोगे?

मैदान में ...
यहां क्या चल रहा है?
मेहरबान, कद्रदान! जीतिए पूरे पांच हजार का नकद इनाम।

है कोई निडर जांबाज।
जो हमारे स्टंटमैन की
तरह इस तोप में घुसे...

...बारूद से
भरी तोप
के ...

धमाके से हवा में उछले और....
बड़ाम म !
....जीत ले इनाम के पूरे पांच हजार रुपए।

अगर यहां कोई शेरदिल
है तो आगे आए।

हमारा बिल्लू दिलेर है ,
वह तोप में घुसेगा।
?!

मगर...मैं...?
मैं इस चैलेंज के लिए तैयार हूं।
शाबाश बरखुरदार!

अगर...मगर...कुछ नहीं।
जो डर गया, वह मर गया।

बेफिक्र रहो। तुम्हें हीट सैफ्टी ड्रेस पहनाथी जाएगी।

तुम्हारी रक्षा के लिए ये रबर फोम के गद्दे बिछे हैं।

तोप से निकलकर तुम इन पर सुरक्षित आ गिरोगे।

जोजी ! सैफ्टी सूट में कैसा दिखता हूं ?

घबराओ नहीं, यह करतब तो मैं आसानी से कर लूंगा ।

बिल्लू वाकई एक दमदार सूरमा है ।

बारूद भर दूं ।

उस्ताद ! लड़का तो ज्यादा ऊंचा उछल गया ।
बड़ाऽऽम ऽऽ!
तुमने ज्यादा बारूद डाल दिया । अब वह मैदान से दूर जाकर गिरेगा ।

ओह ! उसे जाकर देखना चाहिए ।

कुछ दूर फिल्म शूटिंग चल रही है।

असिस्टेंट डायरेक्टर! शॉट की रिहर्सल करवाओ। सीन है- हीरोइन इस बिल्डिंग के नीचे खड़ी है।

हीरोइन को अकेला देख विलेन उसे छेड़ता है।

ऊंची इमारत से हीरो विलेन के ऊपर कूदेगा।

....और विलेन को चित्त कर देगा।

सर! स्टंटमैन तो आया नहीं। ऊपर से कूदेगा कौन?

बिना हीरो के डुप्लिकेट के सीन शूट कैसे होगा?

स्टंटमैन को फौरन लाओ।

आसमान में।
नीचे गिरते ही मैं टूट कर बिखर जाऊंगा।

वर्ना...! आज की शूटिंग का सारा नुकसान तुम भरोगे।

जमीन तो बहुत नीचे है। मैं बच नहीं पाऊंगा।

धड़ाक क!
यह क्या ?

थड़ड़ !
आऊ ऊ ऊ!

यह कौन आ टपका ?
द रियल हीरो !

बहुत खूब, बहादुर नौजवान ।

यह लो साइनिंग चेक । मेरी अगली फिल्म 'उड़ता हवाबाज़' के तुम हीरो हो ।
शुक्रिया ।

वाह! मेरे असली जांबाज ।

अब तो आप भी मानेंगे मैं हूं जांबाज ।
वक्त मेहरबान तो बंदा पहलवान ।

बिल्लू और लुढ़क-पुढ़क

ओह !
बजरंगी ?
मैंने उसका उधार चुकाना है।
ढक्कन ! अगर वह चूहा बिल्लू दिखाई दे तो मुझे बताना।
जी, उस्ताद !

अगर वह मुझे देख लेगा तो लट्ठ से धुन देगा।

इधर कुछ देर छिपा जाए।
www.chachachaudhary.com

पहलवान जबतक वहां बैठा है। मैं आगे कैसे जाऊंगा ?

बिल्लू ! किसके साथ लुका-छिपी खेल रहे हो ?

मैंने बजरंगी के पांच सौ रुपए लौटाने हैं।
यह बात है।

दोस्त! लिया उधार तो लौटाना ही चाहिए।

मेरे पास अभी सिर्फ पांच सौ रुपए हैं।

इनसे मुझे जोज़ी को रेस्तरां ले जाना है।

तुम इंटेलिजेंट हो, कोई ट्रिक बताओ कि मैं पहलवान से बचकर निकल जाऊं।

अरे, हां! एक तरीका है।
VOTE

आइडिया लुढ़क-पुढ़क !
?!

वह क्या होता है ?

वह खाली ड्रम देख रहे हो ?

तुम इसमें घुस जाओ। मैं इसे लुढ़का दूंगा। तुम लुढ़कते-पुढ़कते बजरंगी के आगे से निकल जाओगे। वह तुम्हें देख नहीं पाएगा।

क्या यह रिस्की नहीं है ?
है। मगर पहलवान से कम।

दोस्त, बाय! तुम्हारी
यात्रा शुभ हो।

लुढ़क-पुढ़क!
लुढ़क-पुढ़क!

यह ड्रम किसने
लुढ़का दिया?
बच्चों ने शरारत
की होगी।
लुढ़क-पुढ़क!
लुढ़क-पुढ़क!

ओह! मेरे सारे अस्थि-पंजर
ढीले हो गए।

यह रुकेगा कैसे?
इसमें तो ब्रेक भी नहीं हैं।

जंप !
टक्करा!

शुक्र है। ड्रम रुक गया।

अब जोज़ी के साथ रेस्तरां जाने की हालत नहीं रही।

घर चला जाए।

यह क्या ?
लुढ़क-पुढ़क !
यह कोई नई शरारत होगी।

Colour Activity

Match the pictures to their shadows.

Match the Pictures and send us back to win a surprise prize - write down the following details in block letter: Complete Name, Telephone Number with STD code (Mobile Number), Age, Place of Birth, Date of Birth, Gender, Email ID and Complete Postal Address with Pincode.

Discover Talent @ Diamond Toons
X-30, Okhla Industrial Area, Phase-II, New Delhi-110020
Ph.: 011-40712100, 40712200, E-mail: sales@dpb.in

Fill in the blanks
with the words BAG,
CAR, CHIN, DISH,
EAR, KIN, MAT,
NEAP, PIN, PUMP,
RANGE, STAR
to reveal the names
of 11 edible plants
(mostly fruits
and vegetables).

Fill in the blanks and send us back to win a surprise prize - write down the following details in block letter: Complete Name, Telephone Number with STD code (Mobile Number), Age, Place of Birth, Date of Birth, Gender, Email ID and Complete Postal Address with Pincode.

Discover Talent @ Diamond Toons

X-30, Okhla Industrial Area, Phase-II, New Delhi-110020
Ph.: 011-40712100, 40712200, E-mail: sales@dpb.in

Chacha Chaudhary, Billoo & Pinki comics also available in Digest

₹ 100 96P Size: 6.5"X9"

₹ 100 96P Size: 6.5"X9"

₹ 100 96P Size: 6.5"X9"

₹ 100 96P Size: 6.5"X9"

₹ 100 96P Size: 6.5"X9"

₹ 100 96P Size: 6.5"X9"

₹ 100 96P Size: 6.5"X9"

₹ 100 96P Size: 6.5"X9"

X-30, ओखला इंडस्ट्रियल एरिया, फेज-2, नई दिल्ली-110020
फोन न.: 011-40716600, 40712200, ई-मेल : sales@dpb.in